KB149225

2퍼센트 동화

김은후 시집

나무를 그릴 때

나는

뿌리를 그리지 않는다

뿌리들이

땅 위에 일으키는 잔물결을 그린다

차 례

● 시인의 말

제1부 헤어밴드를 하고 데미안을 읽어야 해

제2부 그의 품사는 시의 대명사였다

제3부 이 별에서는 이별이 제외될까요?

제4부 동백꽃은 자기가 활자라고 우기고 있다

제1부

헤어밴드를 하고 데미안을 읽어야 해

불가피한 정원

우리는 너무 키가 큰 이름을 가졌어

이름의 자모들을 하나씩 잘라내야 해

잘려진 키는 평온할까

이름 대신 인공심장을 이식해야지

몸통에 꽃을 그려 넣고

정원은 차박차박 꽃이 우거질 거야

심장에는 하얀 꽃이 자라겠지

색깔 있는 말은 언제쯤 할 수 있을까

혼잣말들이 꽃들 사이에서 말라가고 있어

톱날이 그린 정원에는 뭉툭한 선들이 필까

기억해야 할 미래는 가지들

'이런 일이 있어야 하지만 아직 끝은 아니라'는 말을 기억
해야 해

　불가피하다는 것은 수상하지, 떨어진 꽃들은 가지 속으
로 돌아갈 수 없잖아 돌아가지 못하는 곳이란 기억할 수 없
는 곳

우리는 호랑이 없는 호랑이 숲* 같아

아직 끝이 아니라는 말로 꽃의 심장을 기다리는 나

정육점 뜰에 핀 맨드라미 같아

오늘 나의 일기는 여기서 끝

* 카스피해 근처 호랑이 숲이라는 지명이 있는데 실제로 카스피호랑이는 멸
종되었다.

2퍼센트 동화

태초에 술 한 모금이 있었다

촘촘히 밀봉해도
빠져나가는 2퍼센트의 취기가 있다
지고 가지는 못해도 마시고 가라면 다 마실 수 있다던 작
은 아버지의 변명
술버릇을 만나는 순간
불콰한 흥이 되기도 온갖 욕설이 되기도 하지
벌겋게 달아오른 광기 속, 가끔 제정신이 들 때도 2퍼센
트라 하자

비가 오고 우묵한 데 물이 고였다 버찌가 떨어지고 2퍼
센트 주정이 숨어들었다 사슴이 와서 불안을 마시고 갔다
뿔이 한바탕 노래를 불렀고 노래에선 진한 벚꽃 냄새가 났
다 동무들 데려와 홀짝홀짝 들이키고 궁둥이를 맞대고 춤
을 추었다 구름으로 잘 덮어두고 다시 찾은 주점에 술이 사
라졌다 뿔들은 구름에게 어떻게 이럴 수 있느냐고 물었다

그건 천사의 몫이야

다시 비를 기다리고 버찌를 기다려야 해

한 해를 기다리라고!

뻘들은 뛰어가며 술,술,술 했다

마지막까지 술이 가득 차 있던 작은아버지 몸에서

생전이 빠져나갔다 우리는

누구도 만나지 않은 발효 기간과

선량한 2퍼센트와

취기의 독과

천사의 몫에 대해

아무도 말하지 않았다

데미안 읽기

헤어밴드를 하고 데미안을 읽어야 해

며칠 동안 아무것도 읽지 못했어요
와르르 입안에서 가시가 쏟아졌지요
가시에 긁힌 가시가 잘 보이는 날들이었어요

안경을 놓아야 보이는 것들이 안경을 가져갔어
안경은 세계야, 태어나려는 자는 하나의 안경을 잃어야 해
새로운 신을 향해 날아가려면*
어젯밤엔 산딸기 덤불이 데미안을 읽고 또 읽었다더군
쉿 비밀, 도수는 그리 중요하지 않다는 것을 모르는 이가
있어

풀숲에 안경을 놓고 오던 날 이후로
나는 한동안 시를 잃고 나의 데미안도 잃었어요

가시를 구부리며 놀 때 안경은 어디에 둘까요?

* 헤르만 헤세의 『데미안』 중에서 원용.

바탕체 10포인트

문장 위에 파리가 앉는다
시를 읽는다
더 멀리 갈 수 있는 단어를 찾는다

파리채를 찾는 동안
오독한 문장들이 먼저 바닥으로 도망갔다

시집을 다시 펼친다
다시 파리는 날고
꼭 글자에 앉는 것들
까만 10포인트이면, 다 같은 종족?
나에게 말하길
왜 글자에만 골몰하는지
탐독할 것은 날아다니는 말들인데

문장이 뭉개진 빨간 파리채
문장은 10포인트 바탕체
내리친 것은 글자일까 파리일까

누군가 피로 시를 썼다면

그 피로 무엇을 적셨을까

시인을 따라다니는

10포인트 바탕체 파리들

유성우를 기다리는 동안

별사탕을 만들기로 했다
사탕은 어느 쪽을 빨아도 반짝거렸다
모서리로 별을 만들었다

호주머니에 넣을 거야
그는 푸른 별이 좋다고 했다

밤 비행기가 긴꼬리별을 그렸고
나는 동그란 별을 그렸다
그는 별자리를 만들지 않는 별은
별이 아니라고 했다
떨어지기 전 호주머니에 넣을 수 있을까

긴꼬리별은 먼 강을 건너가고
나는 별을 모아 그의 얼굴을 그렸다
색색의 돌기들이 돋아났다
사탕이었다가
사랑이었다가

유성우를 함께 기다리는 동안

아무튼 사랑인지
사랑시 청탁이 왔다
낮에 받은 부활절 달걀 끝을 톡톡 두드리고 있다

비행 일기

달 안으로 비행기가 들어갔어
아이가 손뼉을 칠 때 새로운 길이 생겼다

비행기는 어디 있을까
비와 구름과 폭풍 속 불시착을 했을까
알프스산맥, 코페르니쿠스산, 케플러산 어디에서 구름을
만들고 있을까
달은 지구의 곳곳을 어떻게 훔쳐 갔을까
아이의 질문이 이어지고 나는 밤새 뒤척였다

달 속에서 빛나는 달의 바다를 보았다
이불을 끌어당기고 다시 꿈을 꾸었다

포도밭 한가운데 서 있었다
한 알을 따니 손안에 달빛이 켜졌다
밤새 포도를 따고 따고 따고…

스위치를 내리지 않아 며칠 뒤에는 낮에도 떠 있었다

달 속에 어떤 문장이 보였다

'꿈꾸어 왔던 곳에 가까이 가본 적 있어요?'*

* 정한아 소설 『달의 바다』에서 변용.

뒷소문은 얼른 눈이 덮었지요

향불은 차갑기만 합니다.

지긋한 나이는 겨울에 잘 돌아눕지요. 아랫말 최 씨 할아버지 부음이 폭설의 저녁을 헤치고 찾아와 모자를 벗었지요.

택시 기사가 조문을 실어 나르다 말고 유리문을 내리고 슬쩍 중간에 내려놓은 뒷소문은 얼른 눈이 덮었지요.

죽음을 느끼는 거리는 절절한 표정과 무심한 표정으로 갈립니다. 막걸리 사발 바쁘던 장날은 사람의 계절이 익어 가던 시절이었고 택시 경적소리로 드나들던 오후는 유쾌히거나했지요.

폭설예보에 에이, 귀찮다! 하고 가셨을까요? 하기야 칩거의 터가 생전의 안방이든 무덤 속이든 다를 바는 없겠지요. 아들 새 집터 닦아 놓은 동남향 언덕배기에 거꾸로 상속받은 유택이 들앉고, 오래전 먼저 가신 마나님도 모셔와 같이 드셨지요.

한적한 계절이 무료하셨나 봅니다. 예전이면 곡괭이 몇 부러뜨렸을 법한 한겨울 산역. 굴삭기로 너무 쉽게 열고, 쉽게 닫는다 싶어요.

지금쯤 뗏장도 없는 햇무덤이 봉긋하겠지요. 생사의 구획이 참 간단하여 다시 흰 눈이 내려앉고 윗말, 아랫말 모두 곤한 잠속 같은데 실로 오랜만에 잔소리와 대거리가 햇무덤에 도란도란할 것 같네요.

아침이 되려면 칠십 리를 가야 한다

방향은 바람, 속도도 바람(오늘은 500m/h)

안개가 달려온다
놀란 개들 울음은 반경 100미터에 듣고
산이 숨은 그림 속으로 들어갈 때
온갖 선들이 풀어지는 꿈을 꾸다

멈춘 것들이 움직이는 것들을 흔들어 깨운다
한밤 속의 새벽
외등 불빛 속 달빛
혼몽이 들어찬 곳에서 해야 할 과제는
'아침이 될 문장을 풀어지기 전에 잡히는 대로 잡아야 함'
울음들은 벌써 가장자리에서 나갈 준비를 한다

가까이 가서 들여다보거나 들어보면
혼잣말하기는 달이나 문장이나 매한가지
달이 넘어가고
꿈도 넘어가고

산안개는 집 안까지 들어오고

배웅하는 지붕의 자세는 *물의 희롱**을 取하고

소리들이 물의 자세에 醉하는

산골에선 아침이 되려면 칠십 리를 가야 한다

* 모리스 라벨의 피아노곡 〈물의 희롱〉.

이면지

내 등을 본 적이 없는 나는
가장 많이 내 등을 본 아이에게 물어보기로 한다
내일 일은 내일이 염려한다잖아
나는 나의 안부를 한 번도 내게 물어본 적이 없어

원래는 없던 이면
구분하는 일은 참 간단하다
반으로 접든지, 기호를 풀어놓으면 되지
이면이 없다는 것은 비어 있다는 것과 같은 말일까
알만한 기호가 없다는 것일까

이면지에 시를 인쇄한다
남편이 준 이면지 앞면에는
먼 곳의 여행계획서가 한가하고
마흔세 줄, 아홉 칸에 숫자와 글자가 빽빽하다
이면이란 든든한 뒷배일까
하찮은 후면일까

등이 굽은 어머니는 더 접히지 않으려고
종종 뒤로 젖힌다
접힌 부분이 안쪽이라면
중요한 것은 안쪽에 놓는 법이라면
어머니의 이면은 업어 키운 곳이고
어머니의 안쪽은 먹여 살린 곳이다

일방적으로 접히는 나이들은
텅 비어서 이면이 없을 것 같지만
앞도 뒤도 아닌 그저 온 마음이 이면이다

마분지

아주 예전엔 말똥으로 종이를 만들었다지요. 갈기를 흔들며 달리던 흔적이 보풀로 엉겨 있었겠지요

몽골 사막에 살던 말들에겐
새벽마다 물을 찾던 사막길 기억이 남아 있습니다
말의 배 속에서 요동치며 더 많이 흔들리던 풀들
질깃했지만 아주 질긴 것은 종이의 몫으로 남겨졌나 봅니다
사막은 사막의 기억이 나뉘지 않기를 바라겠지요
어쩌다 꽃봉오리라도 먹은 날은 발굽 닿을 때마다
향내가 쾌속으로 달렸을 것입니다

맨 처음 지하철 승차권이 마분지였지요
풀을 뜯고 사막에서 달리던 습성을 베끼고 싶었을까요
지하철 안 사람들은
매일 아침 사막으로 돌아오던 몽골 야생마 새벽길을 닮았습니다
발굽 기억이 없는 사람들은 흔들리는 잠으로 돌아갑니다

코끼리가 많은 어떤 나라에는 코끼리 똥으로 만든 상분
지象糞紙도 있다지요

눈 감으러 간다

공연히 머리를 자르고 싶은 날이었다

눈을 감은 나는 거울 속에 있고
내 눈을 보는 이는 나의 뒤에 있다
눈을 감아야 할 수 있는 일을 생각한다
머리칼은 더 깊이 생각하기 위해 땅에 눕고

어쩌다 눈 깜박할 사이를 놓친 엄마
눈을 뜨고 죽는 꽃들을 보았던 것일까
놓친다는 것은 얼마나 다행한 일인가
눈을 뜨고 간 엄마를 본 이후로
눈 깜박하는 새를 의심하지 않기로 했다

나의 늦잠을 깨워주던 엄마
나는 깨울 수 없는 엄마의 잠

눈을 감고 걸어본다
수면 위로 몇 개의 도착지가 떠오르고

나는 바라나시에서 눈을 감던 때를 생각한다

물 위로 너울대는 엄마의 잠을 보는 일은

실눈을 뜨고

뒤에서 내 눈을 보는 이를 훔쳐보는 것 같다

눈을 뜨고 할 수 없는 일이 많아 계속 눈을 뜨지 않는다

면 엄마의 잠이 떠오를까

카사블랑카 애인들

브레이크를 밟고 있는 짧은 구간 동안
할 수 있는 일은 어떤 것이 있을까

국경들이 맞붙어 있을수록
난민이라는 말이 아주 쉽게 섞인다
시리아 아이들은 목마를 타고 호객한다
도와주세요, 도와주세요
목에 걸려 있는 시리아 여권은 창을 여는 도구
동정심은 어릴수록 첨병에 설 수 있다
참 당당하다
염치는 난민 캠프를 지탱하는 뼈대일 것
반군 점령지에 두고 왔을까
주는 것도 받는 것도 신의 뜻이라니
재스민의 후예를 돕는 것은 인샬라
측은지심은 매일의 아침 인사 같은 것이지

카사블랑카의 애인들은 비행기를 기다렸다
나는 빨리 신호가 바뀌기를 기다리고

1달러는 점멸신호를 푸른 신호로 바꾸는 매직
액셀러레이터를 밟자 홀연히 영화처럼 지나간다

강제투석기를 상습정체 구간에 설치하고
아이도 애인도 염치도 신의 뜻도 새것으로 바꾸고 싶다
새 신에게 나는 손을 내밀 것이다

새 피는 새 부대에.

제2부

그의 품사는 시의 대명사였다

웜홀

우기가 오기까지 그는 오지 않았다

엔터를 치자
풀지 못한 장르의 방정식이 나타난다
천둥 치는 여름밤
웜홀에서 튕겨 나오는 메시지를 자판으로 옮겨온다

날벌레들 호광성은 반드시 기억해야 할 주문 같은 것
안경에도 앉고
자판에도 앉고
하물며 경을 칠 놈은 내 손가락을 타고
그를 찾을 패스워드를 지우고 달아난다
계시를 받으려면 양의 피가 필요하지

창 저쪽
큰 날개 나방 수직 호버링이 시작된다
그의 모스부호 ─ ─ · · ·
방충망 모눈 사이에 끼어 있다

블루라이트로 점멸하는 의혹들

패스워드를 변경하기 위해
다시 양의 피를 받는다

그의 품사는 시의 대명사였다

Pink Moon

그림자가 진달래 술통을 안고 넘어졌다
달 이쪽 끝에서 달 저쪽 끝까지 핑크

손 그림자 놀이하기에
달은 가장 오래된 TV*

오므렸다 폈다로 늑대를 데리고 와요
그림자 사이로 푸른 울음도 끼워 넣고
천천히 지평선에서 멀어지는 시간을 기다리죠
멀다는 것은 어둠

알고 보면 어둠과 빛
먼 오른쪽으로 늑대가 빠져나가는 문

인디언 남자는 프록스 다발을 안고 핑크문을 기다리고
있죠
늑대도 울음을 멈칫했어요
그림자를 깨뜨릴 수 있을까요

오늘은 어느 때보다 손이 더 가벼워야 해요

화성의 기상주의보는 온통 분홍, 분홍이었고요
스페이스닷컴에서는
"이번 Pink Moon이 평소보다 더 큰 슈퍼문이 될 거"라고
했어요

* 백남준 비디오 작품명 〈달은 가장 오래된 TV〉 변용.

물길 사이사이 바람

기도를 하다 고개를 들면
불가사리들이 눈꺼풀 위에 와 있었다

몇 개의 불가사리들은 물이 되었지요

물길이 저희들끼리만 모여 살 수 있을까요

물길 사이사이 바람이 섞입니다 물길이 책장처럼 휘릭
휘리릭 넘겨집니다 잔잔한 것들이 구겨지고 가팔라지는 것
이지요 재미없는 책을 읽을 때는 험해집니다 얼른 책을 덮
지요 그리고 볼라드에 배를 묶습니다

책은 두꺼운 매듭입니다 책을 읽을 때면 매듭을 눈여겨
봅니다 책 속에서 구름을 썼다 벗었다 천둥을 감았다 풀었
다 번개를 쳤다 맞았다 하늘이 감겼다 풀어졌다 합니다 물
들이 꼿꼿이 일어납니다 수 천 년 전에 별들이 만들어놓은
길을 책이라 믿는 사람들입니다 할 말이 조금 있는 사람들
입니다

하늘의 일과 물속의 일이 어긋난 적이 있을까요

배가 묶여 있는 날
불가사리들이 눈꺼풀 위에 달라붙고 있습니다

미슬토

작은아버지 요양병원으로 이사하셨다

가장 친근한 사람이 가장 두려워하는 병
엘리베이터 벽에 '미슬토 주사요법'이 자세하다
작은어머니가 쓸쓸하게 읽는다

새들은 이쪽 열매를 먹고 저쪽서 부리를 비빈다
끈끈한 씨앗이 뿌리내리고
여름내 이파리를 타고 나무를 날았다
이제 겨울이다
흙 없는 열매가 공중에서 푸르다
느린 엽록소가 한 개의 씨앗을 또 만들고

새들의 부리가 옮기는 식물이 있듯
끈질긴 병이 옮기는 약 광고가 벽을 타고 펄럭거린다
믿어라, 믿어라 하는 효능이 실려 있다
통증과 그늘이 번갈아 가며 있다

높은 곳의 효능으로 겨울을 나는 미슬토

병도 기생이고 저 푸른 효능도 기생이겠지

마력을 치료하던 기원전 기억으로 새들은 벽에 앉으려
애를 쓰고

관리인은 벽에 붙은 새들을 휘휘 쫓아낸다

작은어머니 엘리베이터에서 내릴 때

새들 쫓아낸 자리에서 병중의 깃털이 툭툭 떨어졌다

井

하얀 자갈들이 기념품처럼 깔려 있었다 얕은 강을 걷는
꿈을 꾸었다 바닥을 딛는 느낌이 좋았다

미하스 마을에는 이백 년이 넘는 우물이 있다 기념품 가
게 계산대 옆이었어요 모로코 남자가 뚜껑을 열자 시간이
시커멓게 가라앉은 수직갱도가 보였어요

바닥이 안 보여요
하늘이 비치지 않는 우물은 처음이에요

그가 동전을 던져보라 했고 구구단을 외우는 중에 물소
리가 들렸어요 낙하의 시차는 소리의 과녁인지 모를 일

꿈은 날아가는 새 같아요 붙잡을 수 있을 때 붙잡아야 해
요 한참을 걷는데 한쪽에 井자가 보였다

깊을까요?
우물일까요?

흔들리는 우물이 있을라구요, 강물일 거예요

　자갈을 던지자 모든 물소리가 났다 아무렇지 않은 낙하
여도 아무것도 아닌 것은 아니었다 무릎을 꿇고 새를 잡으
려 숨겼던 손이 다시 구구단을 외우고
　거기 #자 속에서 가위눌린 내가 모로코 남자가 되었고
어느 순간 새가 되었고 다시 내 얼굴이 되고 되고…

　얼마나 더 깊어져야 할지 모르는 꿈
　깨어나지 않는 오래된 우물이 있는

수요일을 사러 간다

우리 동네 빵집 셋째 수요일에 가면
영수증에 빨간 스탬프를 찍어준다
아무 날에 가서 스탬프를 내밀면
영수증 반만큼 빵을 준다
소보루빵, 바게트빵 때로는 작은 호두 파이에서
구름 냄새가 났다

아버지 찍어낸 활판 인쇄 시집은
500년 유효 영수증을 발행했지만
아버지 집이 수몰되자
영수증도 시들도 몽땅 잃어버렸다
활자들 약속이 불어터져 잉크 냄새가 다 날아갔다

아무 날이라고 약속을 못 하는 것은 아니다
접혀진 약속이 지워지고 비가 내렸다
우리 동네 빵집 빨간 약속은 구름의 성질을 지녔어

접거나 일부러 지우지 않아도

모서리부터 닳아 없어진 아버지 영수증
활판의 약속도 활판의 시간도
사라진 것들의 목록 속으로 잠기었다

감열지 글자들도 반만큼씩 날아갈까
활판의 약속 같은 것은 처음부터 없었어
수요일은
수요일로만 구성된 캘린더를 사러 간다

푸른 빛 하나

지난해 태풍에 찢긴 고목에
유난히 까마귀들이 앉는다

옛적 어느 까마귀, 마을에 들 때 솔개를 만나 사명 받은
적패지赤牌旨를 큰 나무 앞에서 그만 놓쳐버렸다. 그 후 멋
대로 뒤틀어진 죽음의 순서는 검은 소리가 되었다

검은 이파리들이 돋아날 것 같은 흐린 날
잃어버린 적패지 속 이름들이
영험한 고목에서 발현될지 알 수 없는 일이다
대대로 오래된 나무를 찾아다니는 까마귀들
줄지어 앉아 있다

찢어진 가지에 앉아 있던
검은 소리가 쩍쩍 날아가고 푸른 잎들이 돋았다

유난한 까마귀들 깃털 속에도 아주 작은 명부들 숨겼는
지 여전히 초상을 알리곤 한다

길옆엔 콜라 캔이 찌그러져 있고
새 이파리 돋은 가지 밑에는
불현듯 품고 있던 푸른빛 하나
달개비꽃이 꺼내 놓았다

턱없이 부족한 색들이 많은 시절이다

문명 농법

곳간에 들지 않는 곡식들이 듣지 못한 들노래가 있다

세 마지기 논배미가 반달만치 남았네*
네가 무슨 반달이냐 초생달이 반달이지*
찰방찰방 무논 속에 들노래가 춤을 추고
모야 모야 노랑 모야 너 언제 커서 열매 열꼬 이달 크고
훗달 크고 칠팔월에 열매 열지**
허리 달래던 메긴 소리, 익어 밥상서 숟가락이 춤을 추게
했다

윙윙거리는 바퀴 소리에 찰방한 들노래가 묻히고
주문형 농법 뒤로 따라가는 온갖 곡식들
약물 넘기는 쓴 이파리들이 우북우북 커가고
인기척 드문 이랑을 돌아나가는 바람은 풀 쫓은 이랑이
어색하기만 하다
커다란 바퀴의 농부가 태어난 것이지
뽀얀 속살 드러낸 흙이 기다리던 고무신 농부는 없지
머리에 썼던 수건으로 탁탁 털어내던 흙은 길바닥에 뭉

텅뭉텅 자국으로 남아

  갈수록 멀어지는 들노래 농법이 흩어진다

  내가 먼저 부를 테니 모두 함께 불러 보자

  따라 하지 않는 사람 거머리나 붙으라지

  화답 가락 대신 기계 소리 요란한 모내기 한판.

  문명의 농법이 키운 순한 고추 하나 깨물어보니

  거기 미처 육종되지 못한 매운맛이 비좁게 끼어 있다.

  몸으로 섞이지 않은 품종의 맛

  매운맛, 풋풋한 맛 다 사라지고 그저, 푸른 맛이라니.

* 상주 모심기 농요.
** 자인 계정 들노래.

사유하는 TV

위층 물소리가 벽을 타고 흐른다
냇가가 풀리는 계절

늦은 밤
불 켜진 창들은 드문드문 핀 꽃밭 같다
미닫이문 하나씩 열리고 있는 계절 같기도
그리고 보면 아파트는 가장 느린 TV
땜방 잦은 변두리 채널에도
한 번쯤 녹화하고 싶었던 봄날이 있었다

편성된 시간을 묵묵히 견디고 있는 아버지
끈질긴 편성의 시간이 지직거릴 때까지
물소리를 벽에 붙인다
지난달 목련을 피워냈다
세상은 점점 채널 수가 증가했다
파산 신고 후 아버지 채널은 고정 편성되었다

가끔 자다가 깨어서 보는

아버지는 잔 속의 잔술이 지키고 있었다

곧 개편방송 편성 안내가 봄보다 세세하겠지만
아버지 TV 소리는 위층 물소리처럼 벽을 타고 여전할 것
이다

냇가를 잠그고 싶은 계절이다

폐각근

　강풍이 숲에 들었다 소나무 한두 그루 여지없이 찢어졌
다 넘어지는 동작은 따로 익히지 않아 아무도 보지 않을 때
그리되었다 방향은 그날 운수였고 낮은 곳은 종일 휘파람
만 불었고 높은 침엽과 수직에 대한 계약은 빠져나갔다. 꼭
끼는 장갑을 끼고 강풍의 폐각근에 톱을 밀어 넣는다 밑동
에 끼어든 톱, 틈을 이기지 못해 잠시 흔들거리다 꽉 물리
고 만다. 폐각근의 실행은 수평에 대한 날카로운 항거. 둥
글다고만 할 수 없는 둥근 단면들이 나뒹군다

　먼 곳에서 오는 바람
　자는 날이면 갯벌에 나가 조개를 캔다
　가끔 손가락을 물렸지만
　손목을 흔들고 잠깐의 비명이면 풀렸다
　꽉 다물어진 잠깐
　미수에 그친 껍데기의 포박
　계약조건이 높지 않아 물렁한 힘이다

　날카로움과 물렁함, 직선과 곡선, 목질과 석회질 서로 다

른 폐각근의 성질, 그들은 아무렇지 않은 서로의 *길을 갈 때 쓸데없이 방해하는 푸른 물건*은 아니다. 몇 토막 통나무와 시든 솔가지 밑을 들춰보면 아직도 잔바람이 숨어 있고 입술을 오므리는 정도의 결심이면 서로의 안부를 물을 수 있다

* 윌리엄 블레이크.

시설柿雪

외줄에 감들이 달려 있어요.

거기 뽀얀 눈이 하늘도 없이 흐린 날씨도 없이 감쪽같이
눈이 내렸어요.
입동이 지나고 소설이 꾸덕꾸덕 유예되고 있었지요.

껍질 벗겨진 둥시에 시득시득 바람이 닿았어요. 북서풍
자락 단맛이 조글조글 둥시에 끼었어요.

하고 싶던 말이 떫을 때가 있었지요. 껍질을 벗기니 단맛
이 끼어들었어요. 손질하고 다듬으니 눈이 내렸어요.

감설甘雪인가 했더니 시설이라네요
제철보다 조금 앞당겨 절기를 놓은 선인들은 이미 알았
던 맛이겠지요.

입동이, 소설이 지나면 말들도 달달해지면 좋겠어요. 북
서풍 자락마다 끼어 있던 단맛이 솔솔 내려앉지 않을까요

그런데 말이지요, 시설이 앓으면 아무리 숫자를 맞추어

놓아도 꼭 끝에 가면 하나씩 비는 것은 무슨 일일까요

제3부

이 별에서는 이별이 제외될까요?

케플러*, 안녕~

샛별 하나가 내게로 오고 있어요

만난다는 것은
별에서 모든 나를 꺼내겠다는 것
내게 향한 모든 송신 장비를 끄겠다는 것

부사를 좋아하는 별이 있어요
읽은 페이지
남은 페이지
해독할 것은 겨우 라는 부사

별들은 양을 셉니다
양 한 마리와 양 두 마리의 간격을 일초라고 설정해요
행성 몇몇 개와 행성 몇몇몇 개의 간격도 일초라고 믿지요
어두운 궤도를 한없이 떠도는 것
케플러는 거기를 밤이라고 믿어요

굿나잇 신호를 보내왔군요

부족하다는 형용사는 부족하여

우주 부고에는 이렇다 할 품사를 쓰지 않습니다

우주 행성 케플러 22호에는 구름이 있고

양을 다르게 세는 별들이 있을 거라는 후문이 있습니다

이 별에서는 이별이 제외될까요

* 2009~2018년 동안 활동한 우주 망원경.

뒤를 묶다

사당역 버스 정류장
컨테이너 박스 앞뒤를 구분하는 것은
허기를 기다리는 익명분의 식탁이다
간절히 바라는 것들은 내 것이 아닐 때가 더 많지

음식포차 뒷문으로 앞치마 끈이 보인다
왜 뒤로 묶을까
목소리 뒤에 질문이 멈춰 서 있다
살아서 먹는 일과 먹여 살리는 일이 거기 달려 있어서

입술은 접시에 주문을 걸고
접시들은 하루 치 주문을 실행하는 구도의 구간이다
앞에서만 할 수 있는 일이 아니지

뒷문이 뒷전이 아닌 곳이 또 있을까

달리 할 말도 없으면서 나는 기다리던 버스를 놓친다
버스 도착 알림 전광판에 질문을 입력한다

간절히 바라는 것은 요철凹凸을 맞추는 매일의 놀이 같은
것입니까

마침 뒤를 묶은 달이 환하게 보름이다
주문에 걸리지 않은 접시 같은

어둠이 날아간 곳

행선지가 다 떠나버린 버스 정류장
잠깐의 정적, 그 속에 새 떼들이 앉는다

어둠이 날아가 버린 곳에서는
느긋하게 먹을 수 있는 휴일이 없다
어둠의 씨 같은 쥐똥나무 열매들
맨 아래에서 올라온 꽃은 맨 위의 문이 되고
어느 씨앗은 새들의 위장에서 하늘을 건너다니고

새들이 두리번거리는 것은 날개를 접었기 때문이다. 급
히 날아오를 때엔 배차 시간이 따로 없다 목적지와 숫자들
만 포르륵, 오르내리고 있다

결국 새들을 키우는 것은 불안이다
소리에 스스로 놀라는 새들은
바람 불어 흔들리는 나무에는 놀라지 않아

쥐똥나무가 흔들린다

안심한 모습으로 편안하게 흔들린다

쥐똥나무라는 이름이 제격인 것은

쥐들의 불안함을 새들이 먹고 살기 때문일 것이다

파릇해진 봄날이 푸드득 날아가고 있다

산소리*

나지막한 나무들을 짚고
산이 허리를 구부리고 있다
새벽안개를 수질首絰, 요질腰絰로 걸쳐 두르고
가득 들어찬 울음을 풀어내어 흐르고 있다

아이들은 마당에서 놀다 오랜 후 뒷산에 들었다
마을의 말들이 산에 들어 산소리가 되고 아침마다 수북
한 소리를
마당 밖으로 쓸어내는 일은 노년의 몫이다

오늘은 미처 산으로 올라오지 못한 울음을 위해
바람이 나무 밑동에서 조용하다
뒤늦어 바람을 가득 담고 있던 몸 하나
오늘 저 산에 들었다
바람이 잡아준 길에는 지나온 길과 가야 할 길이 겹쳐져
있다

힘겨운 짐 되지 않도록 생전의 물건들에 불을 놓는다

가는 그 길도 꽤 험한 모양이다

빌려오고 오랫동안 돌려주지 못한 우산처럼

산으로 가지 못한 말들이

장롱 밑바닥에 유품으로 놓여 있다

배웅 못 한 울음들은 헐렁한 마을을 지키고 있다

곧 태어날 아이는 산의 소리로 울 것이다

오늘은 산과 마을이 팽팽하다

* 가와바타 야스나리의 소설 제목.

보름달을 채집하다

달을 궁글려보면 어딘가 심지 하나 있을 것 같다

동그란 달만 있으라는 법 없지
철근을 구부려 만든 반달들이 길다

폐기된 달들 같지만 벌판의 뼈대 있는 것들
심지를 초록으로 갈아 끼우고 개수를 늘려간다

들깨 열매에 방해된다고
가로등을 꺼버린 이, 달빛을 채집한다

달빛은 훼방꾼이 아니라는 뜻
식물들의 눈은 구태여 달을 보지 않지

빛나는 비닐하우스들
지구의 밤을 채집하는 위성 같은 것일지도 몰라

보름달의 채집, 그 빛으로 한 달을, 한 해를 살아낸다

달의 목숨이다

개울물이 밤에 더 반짝이는 것은
달의 위성이 되고 싶은 열망, 어둠은 태연히 거짓말을 한다

시월, 지금 저 달의 문을 열면 푸성귀 가득 자라고 있을
것이다

디지털 지니

길을 잃어보려고 페스에 갔다

골목은 천 년 동안 깊어지고 구부러져 있었다
궁금증 같은 문들은 서로를 묻지 않는다
문 안쪽에 하늘이 걸려 있을까요
문은 문을 낳고 문은 문을 낳고 낳아
문밖에서 문밖으로 들어갑니다

여기라면 램프의 요정 지니가 어디 있지 않을까요

전자오락실에서 소년이 조이스틱으로 소원을 문지른다
소년의 소원은 동전 개수일까
동전 하나로 친구들을 이기는 실력자일까
오락실 주인 청년은 갤럭시폰에 빠져 있다
눈은 천 년같이 우묵한데 엄지는 쾌속의 디지털
천년의 골목이 청년에겐 어떤 장르의 미래일까

수십 개의 테너리에서

고양이 똥 비둘기 똥이 색으로 익어간다

어떻게 꽃물보다 선명한 빛이 나올까

나는 무두질을 못해 민트 이파리로 냄새를 잠그고 나왔다

천년은 두고 왔지만 길은 잃지 않았다

발만으로 갈 수 없는 만개의 골목

골목에서 골목으로 천년의 시간을 굴리는 페스에서

램프를 사서 달리의 구부러진 시계를 펼쳐놓고

소원을 문질러보면 지니가 올라올까

페스의 구글 지도를 소원하면 지니는 들어줄까

천년 넘게 구부러진 골목의 디지털 미래는 어떤 장르일

까요?

지지직거리는 정체

삼신당 바로 옆에 이동통신 분전탑이 세워졌어
이동통신 전파와 접신의 영은
나들목 공사를 했을까
접신의 대나무가 없네

안테나 없이 접신할 것이면 고급한 신이겠지
석 삼자라면
당주와 친절한 쌍방통행 신이 셋인가 봐
아직 새집인데 확장공사를 하고 있어
다른 신을 모셔 들일 건지 대기실을 늘일 건지

붉은 체증이 예감되지 않아?
라디오 채널에서 시보 음이 울리네
지지직거리는 정체가 시작되나 봐
모퉁이 그림자들도
담을 돌아가며 같이 붉어지고 있어

며칠 내린 폭우로 소음의 다리 밑에는

위성 접시 모양의 망가진 우산이 걸려 있어

이동통신도 접신의 당주도

한동안은 망가진 우산 안에서 맴맴 맴돌겠지

고양잇과

1.

세상에는 아버지보다 아들이 많다

고양이는 길에 널렸는데

인방寅方의 산에 호랑이는 없다

줄무늬 보드라운 아들들이 아버지들을 먹어버렸을까

아들의 수염은 아버지 것보다 말끔해도

입 주변 수염에서 묘한 비린내가 났다

아버지와 같은 종류의 비린내였다

2.

소리를 내지 않고 몸이 보이지 않게 달려가

목을 따는 싸움은

숲이 숨겨주었기에 가능했다

새로 온 종들이 숲을 점령하고

굉음으로 굉장한 싸움을 시작하고

1996년 4월 공식적으로 멸종이라 이름 지었다

호명산은 호랑이 울음이 없어도 호명산이다

그래도 호랑이 발바닥 닮은 호장초**들은 많다

산길에도 고양이는 있다

3.

아버지 제삿날

상석에서 술잔이 굴러떨어졌다

종의 대표는 개체하는 숫자에 따르는 법이니까

찾지 않고 숲에 두고

그냥 왔다

바다의 뿌리

섬

바람은 철새의 습성이 있습니다. 겨울 철새 떠난 섬은 멸치의 까만 눈을 닮았지요. 판석 아재만큼 늙은 섬입니다.

바람이 쿨럭거리지만 먼 선조가 고기잡이 부표로 띄워놓은 섬이라 철석같이 믿는 판석 아재, 오늘도 목선에 앉아 모든 것이 가벼워지는 시절을 아득하게 웃습니다.

아무리 가벼운 것이라도 뿌리가 있는 것들이 모여 사는 섬, 갯가로 가는 길목에 갯방풍꽃이 하얗게 피었습니다

소금

지금도 바다 저 밑에 맷돌이 돌고 있을까요. 그 밑, 속살까지 닳은 맷돌, 어처구니없는 바람들이 양식되는 곳이지요. 키 작은 나무들과 뱃머리를 닮은 염소의 뿔이 느릿하게 자라는 섬. 섬에서 웃자라는 것은 파도뿐이지요. 목선에 달라붙는 하얀 포말은 맷돌이 품어내는 소금기일까요.

짭짤하게 늙어가는 판석 아재 웃음이 갯방풍꽃처럼 하얗

습니다

어부

멸치들이 뛰어오르면 비릿한 햇살이 되었지요. 뭍으로
간 자식들 그 비릿한 학식으로 밥벌이하지만 기름진 바다
가 한때 이 섬의 이름이었지요. 바람과 파도가 슬쩍 붓질한
듯 가벼운 섬, 처음에는 무거운 것들만 모여 살던 섬입니다.

군데군데 낮아진 돌담들은 판석 아재 기대고 사는 중력
입니다. 자식들 이야기할 때 웃음이 더 가벼워 주름살이 더
패입니다. 멸치 떼 따라 출렁이던 부표와 목선, 늘 파도 위
에 떠 있는 판석 아재 평생의 부표였습니다.

선착장, 작은 목선 옆으로 낱장의 햇볕이 일렁거리고 어
부의 얼굴도 일렁이고 있습니다.

빗장

최초의 자물쇠는 외면이나 돌아선 마음이었을까
혹은 덜 익은 과일나무였을까

문고리에 꽂힌 숟가락은
종일 비껴 서서 들에 나간 사람들을 기다렸다
시늉의 빗장은 외벌의 기다림이었고
떫은 계절로 꼭지를 잠근 과일은
이파리를 찢고 나갈 때까지 숨는다

외벌이 한 벌이 되면서
자물통 안에서 개인사가 팍팍하게 여물어갔다
숟가락 꽂혀 있던 빈방에는
밥 한 그릇 만큼 재물이 있었을 것
언제 적 그런 문을 열었을 때
뜨뜻한 방바닥을 보았던 기억이 남아 있다

빗장이 기다림을 잃어버렸다

손가락에 묻은 숫자들은 비밀하지 않은 비밀이다

마음을 열 수 있을까

여벌의 열쇠가 없는 과일은 농익어가고

마음을 잠근 작은 가시 하나

정해진 모양 없어 열쇠를 베끼지 못하고 있다

이때 수수방관은 한 벌의 잠금이다

바람의 볼트

새들은 꼬리를 깜박이며 부력을 접는다
바람과 허공을 접어
얇은 잠에 들기도 하지

선풍기 날개에 바람의 찌꺼기가 악착같이 붙어 있다
220 볼트 속도의 흔적은 끈적하고
자주 과열에 들었던 여름은 다 식었다

잎들이 후두둑 떨어진다
바람의 볼트는 얼마나 될까
잎 떨어뜨린 맨 둥치에
빈 모터 소리 웅웅거리는 문 닫은 나무들
숲은 더 밝아졌다

지난여름 태풍 지나간 뒤 플러그 뽑혀진 나무는 바람이
닿아도 기척이 없다
바람이 떠나간 나무는 누워 잠들어 있고
직립을 잃은 것들은 닦아 들여놓을 계절이 없다

둥지 속, 바람을 덮고 잠드는 새들은 이미 알고 있는
바람의 볼트

모닝콜

기어코 불이 났다

녹은 것은 이파리들이 아니라 8번 척추였다 종양내과에
서 진화할 수 있을 거라 했다 최신의 신이 새로운 믿음을
주사할 거라고

참치 캔을 따며 손가락을 베었을 때, 영화관 표식을 보며
몇 바퀴를 돌 때, 영화를 보면서 어벤져스 뜻을 물을 때 알
아챘어야 했다 건조주의보가 내리고 입산금지 기간이라 입
이 계속 말라 왔다 소독제를 넣은 가습기라도 가져와야 했다

그럼에도 산에는 불이 났고 쉬 진화되지 않았다 통뼈 같
은 나무들이 그을렸다
  '눌러봐라 검은 피가 흐를걸'
  산불방지 기간을 위반했으나 품격을 지키는 것이 이번
생에 대한 복수일 것

  내년 봄

그을린 등에는 여태 보지 못한 풀들이 돋을 것이다
풀씨의 긴 잠을 깨운 것은 연기와 재라니

불과 피는 왜 비슷한 색일까

지하와 지상의 차이

작은할아버지 얼굴이 흙빛이 되어가고 있었다

몸에 땅의 색깔이 옮겨지면서 그곳에 들지 않아도 땅속에 있는 사람이 되고 그곳 말을 하지 않아도 땅의 말을 듣고 그곳 생각을 하지 않아도 그곳 사람이 된 것 같았다

뼷산*에는 아직도 발굴 작업이 진행되고 있다
부서진 돌머리가 빼꼼 나와 있다
검다
지상의 것들이 언제부터 검어졌을까
그 아래 묻힌 것들이
몇 천 년 전 어느 맑은 날의 기둥이면
명문가를 받치는 대리석 기둥이었을 것이다
매몰이 지켜준 유백색은 그 맑은 날로 시간을 되돌린다
그날 귀부인의 목욕물도 함께 묻혔겠지

검은색과 유백색의 차이는 거처의 차이였다

작은할아버지 무덤 발굴 작업은

고속도로에 지하의 일가가 편입되어서였는데

진토된 백골이었다

발굴 작업 기시감은 무슨 색일까

로마 병정 갑옷이, 방패가 눈앞에 어른거린다

* 벳산 : 이스라엘 초대 왕 사울이 전사, 효수된 대표적인 고대 도시로서 아
직도 발굴 중.

석류꽃 시집

남강 인쇄소 가는 길목 어디쯤 낮은 굴뚝이 있었다 굴뚝 뒤 계집아이 둘 쪼그리고 앉을 만한 틈이 있었고 이따금 거기서 활자 몇 개씩 꺼내 먹었다 일곱 살 계집아이가 들고 가기에 아버지 도시락은 무거웠고 보자기 매듭 한 번도 풀지 않고 가기에는 그 길은 너무 길었다

아버지는 다시 식자를 하고 새로 활자판을 짜곤 했다 그런 날이면 아버지 귀가 시간은 늦어지고 봄날의 페이지는 두툼해졌다 가방 속 빈 도시락에 파래 묻은 센베이 과자가 달각거렸고 세모를 부셔먹는 소리가 톡톡거렸다

아버지의 활자를 꺼내 먹은 탓으로 과자들이 시집을 찍어내었다 석류꽃 피어 있던 시집으로 계집아이는 글자를 익히고 학교에 갔다 조금씩 떼어 먹던 활자 맛은 두근거리는 맛이었다

교실 안에서 쓰고 지우고 쓰고 지운 글자들을 아버지 도시락에 담았다 낮은 굴뚝이 있던 그 길을 찾는 꿈을 꾸고

시집을 펼친다 꿈속에서는 늘 내가 훔쳐 먹은 글자들로 조판하는 아버지가 있고 가끔 나는 측은이라는 글자를 본다

일곱 살은 심부름하기 좋은 나이였고 또한 한눈에 당부를 빼앗기던 나이였다 찾고 싶은 기억이 일곱 살 한눈팔던 그곳에서 몇 쇄인지도 모를 시집을 찍고 있다.

제4부
동백꽃은 자기가 활자라고 우기고 있다

동백꽃 활자

아버지는 식자공이었다

모든 것 다 말아먹고 주머니에 삼천 원 넣고
동백을 화분에 담아 서울로 왔다
우리도 아버지 따라 동백과 상관없이 서울로 왔다
그때부터 아버지는 동백만 바라보셨고
엄마는 자주 눈을 흘겼다
청춘의 습관대로 아버지는 꽃 이파리에 자기 내력을 식
자하고
수액을 잉크 삼아 꾹꾹 찍어놓은 활자들이 조판을 짰다
우리는 아버지 활자와 상관없이 키를 키워갔고

아버지가 돌아가셨다

아버지와 상관없이 동백은 피고
동백꽃은 자기가 활자라고 우기고 있다
우리는 동백꽃을 보며 아버지의 신간을 읽는다

선물

　참 가지런했다 순전히 상반신의 힘으로 살았던 그의 손
은 누구보다 크고 튼튼했다 남겨둔 것들 보니 세상에 두 다
리쯤 없어도 서서 먹을 수 있도록 충분히 준비해두고 갔다

　서 있는 유산이다

　직립보행을 잃은 후 그는 직립보행 이전으로 퇴화한 채 살
았다 그의 궤적을 따라가면 손 한 벌 버리고 오는 일이 예사
였다 아들 등짝 빌리며 짐짝 같지 않으려 그의 손은 더 커져
갔다 팽팽한 고무줄 같은 사람들은 그의 기울어진 세상을 보
지 못해 전동휠체어 장만해 준 것이 전부였고 겨우였다

　산역 마치고 내려오는 길
　나무둥치들 제멋대로 널려 있는 간벌 현장
　크레인후크가 마치 산에 묻은 그의 손만 같았다
　마지막으로 본 그의 손이 펴져 있었는지 주먹 쥐어 있었
는지 기억나지 않는데
　주변에는 버려진 장갑들이 널려 있었다

그날 베르겐에 비가 오지 않았다

오래된 나무 집들이 있었다.

벽에 기대는 것은 마음을 숨기기 좋았고 귓속말하기도 좋았다 벽과 벽을 붙이는 것은 귓속말을 하지 않겠다는 것인가 마음을 지우겠다는 것인가

크레파스로 집에 색칠을 했지 노랑 빨강 하양 하늘은 파랑 세모 지붕 그리고 네모 몇 칸으로 창문을 그렸지
크레파스는 언제 베르겐을 보았을까 집에 색을 칠할 때 벽이 붙어 있다는 이야기는 해주지 않았다

크레파스들은 틈을 세운 집에 틈틈 살고 있다

틈은 틈을 주지 않겠다는 것인가 틈이 없다는 것은 등을 대는 것인가 틈에는 그늘이 등을 대고 있고 지루해진 그늘은 풀처럼 자랐다 가끔 아이들의 공이 뛰어왔고 아이들은 빨리 자라서 자신의 틈으로 달아났다 베르겐에도 갔다는

공은 더 자라지 않았고 크레파스는 가끔 시계를 던졌다
애인을 숨겨준 적도 있었다 길쭉한 꽃이 나비를 불러들였
지만 틈을 데리고 나가지 않았다

베르겐에서 새 크레파스를 샀다
색색의 집들이 섞여 있던 베르겐에는 그날 비가 오지 않
았다
베르겐에서 비를 보지 않으면 또 오게 된다고 했다

다시 베르겐에 갔을 때 크레파스는 온통 섞여 있었다

무엇을 견뎌야 할지 몰라 그냥 춤을 춘다

산골 마을에 댕댕이들이 하나둘 죽어 나갔다
옆구리 상처에 큰 짐승의 이빨 자국이 역력했다
작은 몸뚱이에 피가 흥건했다
동네는 연일 수런거렸다
산 쪽 김 씨네 풀어놓은 큰 개가 그랬다는

새벽녘 똘이를 물고 가는 흰 짐승을 향해
놓지 못해!
소리치자 떨어뜨리고 달아났다
똘이는 수술 후 집 밖을 나오지 않는다
예쁜이는 김 씨네 산 근처에서 사체로 발견되었고
보리는 집에서 멀지 않은 곳에서 피투성이로 죽어 있었고
주인 내외 허리 수술하러 간 뒤 꼬맹이는
빈 집 지키다가 새벽녘 현관문을 긁어대었으나
결국 옆구리를 물려 반죽음이 되어 있다
흰 짐승에게 물리지 않은 댕댕이는 동네에 없다
용케 짐승 이빨 사이에서 빠져나온 겨리는
헛신음으로 새벽을 찢는다

산골 바깥세상에는 고삐 풀린

마이크로 짐승 같은 것이 사람들 호흡기를 물어

두문불출의 명령이 떨어지고

겨우 집 밖에 나갈 일이면 마스크를 쓰고

집안에서 헛신음으로 뉴스를 찢는다

지켜줄 주인을 찾는 현관문 긁는 소리가

산골에도 산골 밖에도

비밀처럼 전염되고 있다

부메랑은 되돌아온다는 것을 잊고 있었던 우리

무엇을 견뎌야 할지 몰라 그냥 춤을 추고 있다

한 바퀴

아이의 손을 잡고 빙빙 돈다
회전축에 감겨들어 나는 직립을 잃고
아무렇지 않은 아이는 깔깔거린다
웃음 바깥 창으로 사과가 보인다
빨갛다

원 밖으로 나가본 사람이 있을까
어지러운 하루가 저물고 있는 저녁
붉은 서쪽이 떨어지고 있다

사과 하나를 뚝 딴다
손안에서 빨간 원이 한 바퀴 도는 사이
계절이 돈다
계절은 나선형 계단일까
살아 있는 것들이 부지런히 따라가고 있다

나뭇잎도 잠시 섰다가 빙그르 돌아나가고
사과를 잃은 가지에 몇 바퀴 바람이 돈다

아이는 무엇을 잃었는지 땅을 내려다보고 있다
덜 익은 사과를 한 바퀴 돌린다

사과의 덜 익은 저쪽
바람이 아직 남아 있는 하루의 저쪽이다

니느웨 씨앗

별똥별이 하늘 가로 떨어지는 것 같지?
씨앗들이 껍질째 땅에 떨어지는 거야

씨앗들 기억의 반은 허공
별의 자리에 주름을 잡고 다시 꽃을 접는 거지
나머지 반은 물
퉁퉁 붇지 않았으니 물살이 빨랐나 봐

수만 개 꽃잎이 휘날리고 있어 만삭이라는 말에 온갖 과
일이 익어가고 아이들은 마당에서 몇 겹의 꽃잎을 떼며 논
다 기원전 물고기 배 속에서 사흘을 있다가 니느웨로 간 요
나를 기억해?

씨앗들이 어느 날 어느 짐승의 배 속으로 들어갔어 땅으
로 떨어져 나왔지 니느웨 지도를 기억하고 사흘의 사흘 넘
게 살아 있어서 살아 있다고 느꼈나 봐

자칫 짐승의 후손이라 믿고 살 뻔했다는

딱 한 번 짐승의 울음을 울어보았다는

아이들은 어찌 알고
잘 여문 씨앗들을 툭툭 털어내는지 모를 일이야
태어나는 아이 곁에 있으면 다 들리겠지?

참 다르다

갈비뼈를 살짝 들어
관상동맥 막힌 길을 잘 뚫어놓았다
들숨날숨이 편해졌지만
들었다 놓은 갈비뼈는 여섯 달이 지나도록
밤만 되면 아프다
아담은 갈비뼈 떼어주는 수술을 하고
마취 깬 후 기지개 켜며
시 한수로 아내를 맞았다
'이는 내 뼈 중의 뼈요…'

참 다르다

타워 크레인

잣나무 밑동에 사다리가 걸쳐져 있다
작년 가을, 이 씨 아저씨 마지막 나무에 오른 흔적이다
걸어서 내려오라고 누군가 치우지 않은 길이다
잣송이는 늘 꼭대기에 달려 있다
나무의 비책이다

신갈에서 용인 가는 중간쯤 중단된 공사장
타워크레인 꼭대기에 승강기가 매달려 있다
직립을 거두어들인 이 씨 아저씨 사다리처럼
자본의 열매가 떨어져 오르내리는 것을 잃은 크레인
"ㅇㅇㅇㅇㅇㅇ 유치 중" 붉은 글자들이 걸려 있다

높은 곳은 비어 있는 때가 많아
누군가 잡고 흔드는 듯 공중이 세차게 흔들린다
열매를 겨냥한 사람의 비책은 내려오는 것을 놓쳤다
나무는 다른 비책으로
새 열매로 계절을 채워갈 것이다

나뭇가지 물어 나르던 새들 집은 늘 비어 있다

울티마 툴레Ultima Thule*

1.

별이 지도 위 한 지점같이 쉬우면 좋겠다

별을 꿈꾸던 고흐

거기 닿고자 천상의 기차를 선택했지

1853 — 1890

기호는 기호여서 기호 안으로 들어갈 수 없어

해바라기와 별의 문양이 같아질 때에 그를 만날 수 있다

37을 슬퍼하며

고흐의 별하늘을 보는 사람들

'천상 기차는 타지 말 걸 그랬어요'

그에겐 천상 기차가 적이 아닌 것을 몰랐던

시간 밖으로의 유도 기호

'ㅡ'

시간의 조수 속

소용돌이치는 지점의 차이

조수간만의 간격이 결정하는 것은 파도의 크기일까 성질

일까

2.

네 원소와 얼음의 관계란 아주 가깝든지 가장 멀든지

라일락이 피지 않는다고 모든 것이 없는 것인가
과일파리가 극소수 북극곰보다 무서워지는 날
북극곰의 발바닥에는 백색 전쟁의 패자가 적혀 있을 걸
철저히 얼음뿐인 곳
흐르는 모든 것들의 절대 기호를 품고 있는 진영
얼음은 차가울 뿐 네 원소의 적이 아닌 것을 모르는

3.

누구도 흐르는 수면을 잡을 수 없지

고래가 숨을 쉬기 위해 올라오는 곳
거기 공명하는 주파수는 얼마나 될까
누구도 부정할 수 없는 공명은 긴급구조신호

비키니섬이 보냈다

칼리굴라가 다 베어내지 못한 파도들 위에

흐를 수 없는 기호가 흘러 다니겠다

주파수의 궁극적 지점은 침묵일 것

침묵과 공명은 적이 아닌 것을 모르는

4.'─'

흐르는 것과 흐르지 않는 것의 차이는

틈이 있다는 것과 바닥에 들러붙는다는 것

아버지 등이 곡선일 때는 헛기침이 많았지만

중력의 틈을 벗으면서 쉬익 바람 빠지는 소리를 냈다

밀착이 내뱉는 소리였다

별이 소용돌이치며 빛나던 밤이었고

연어들이 그들의 새벽으로 돌아오던

유도 기호의 끝 그리고 울티마 툴레

'더 깊이 생각하기 위해서는 땅에 앉거나 누워야 하지'**

5.

고흐, 아버지, 연어, 그들의 기호

' ─ '

' ─ '

' ─ '

* 고대 항해가가 브리턴 섬의 끝에 있다고 상상한 섬의 이름으로 극한, 극점을 이르는 말.
** 아메리카 인디언 라코타 족장(서 있는 곰 루터)이 한 말.

맞춤법 공부

나머지 공부를 하고 집으로 돌아올 때면
친구는 천주교 뒷길로 질러가자 하고
나는 비석거리 큰길로 가자 했다
결국은 따로따로 오다가
둥구나무 앞에서 만나 웃었다
나는 숨이 턱에 닿도록 뛰어서 갔지

그런데 조금 더 커서는
친구는 '근데'라고 말하고
나는 꼭 '건데'라고 했다
서로 맞다고 우겼다
그런데 사실은 둘 다 '그런데'인데
친구는 '러' 하나만 빼먹으려 하고
나는 'ㅡ', 'ㄹ' 둘을 빼먹으려는 것
빼먹는 것도 왜 달랐을까

그런데
한 줌도 안 되던 꼬마들 기싸움이 하나같을 때가 있었으니

할머니가 소나무를 솔나무라 했을 때였다
"소나무잖아" 하고 웃었다

축약된 기억들이 빈 문장을 길게 짓고 있다
몇 겹의 웃음이 그런데 하고는
… 를 찍는다

생각해 보니 그날 나머지 공부는 맞춤법 공부였다

이사

은수저 한 벌
온 집안에 단 한 벌 뿐이던 권위였다
마른 행주질로 광목천 수젓집에 모셔두던

양자 장손 아버지 어깨에는
종일 일자리에서 묻은 독이 얹혀 있었다
늘 하는 수저질은 몸 불리는 일 같았으나
멈추지 않는 시간을 떠내는 수저질이었을 것
어쩌면 아버지를 늘 시장케 하였을지 모를

주름 잡혀가던 아버지의 시간도
매일 밤 빼던 틀니처럼 내던지니
권위의 주름이 펴졌다
광목천 수젓집 속에서
아버지의 시간은 시커먼 독으로 이어지고
사진 속 아버지도 시간의 독기로 늙어가고 있다

은수저 닦던 행주는 독한 상처를 싸매는 붕대였을까

이삿짐 들어낸 빈집 마루 긁힌 자국들이

무엇으로 닦아도 기억 속에서 사라지지 않는다

이발사가 되었다

일 년에 단 하루 머리를 깎는다
억새들은 하얗게 세어가고

종답 일구는 막내 삼촌이 수몰된 집채를 가늠하고 봉분
위치도 함께 가늠한다 사후의 집주인들과 맺은 계약은 느
릿하다 팽팽한 고무줄 같은 세상을 사는 사람들은 살기가
바쁘고 오래전 한쪽 세상이 기울어진 막내 삼촌은 바쁠 것
이 없어졌지 이발사가 되었다 환삼덩굴 섞인 모근을 걷어
내는 일은 바쁘지 않아도 되는 일이었다

수몰된 집에는 창문이 쓸데없듯
죽은 이들은 계절을 사용할 일이 없어졌지

죽은 이도 머리칼과 손톱이 자라난다고 믿는 삼촌은, 그
것들이 사람의 숨에 기대고 사는 것이 아니라 다만 몸뚱이
에 기대어 있는 것이라 믿는다

몇 개의 낫날을 벼려놓고

풀들의 기력이 쇠하여지기를 기다려 풀냄새를 베어낸다

이다음 한쪽 세상마저 기울어지면
두 다리 다 편히 쉴 수 있는 마을에 들겠지
풀 냄새를 베고 있겠지

불가피한 세계의 꽃

조대한

(문학평론가)

1. 아버지의 주름

첫 시집 이후의 오랜 기다림과 5년에 가까운 시간의 틈을 다분히 충족시킬 만큼 김은후 시인의 금번 시집은 다채로운 시적 풍경들을 담고 있다. 다만 논의의 편의와 집중을 위해 다소간의 범주화가 불가피한 일이라면, 무엇보다 작품 내 연속된 시적 주체의 목소리에 일정한 경향성을 부여해볼 수 있다면, 그 발화의 기원이 되는 원형적인 풍경 하나를 그려볼 수도 있을 듯하다. 그곳엔 활자를 짜는 '아버지'와 그를 지켜보는 어린 시절의 '나'가 놓여 있다. 그리고 아버지가 만들어낸 그 언어의 물성은 대부분 꽃 혹은 자연물과 밀접히 결부되어 있다.

가령 「동백꽃 활자」라는 작품은 "아버지는 식자공이었다"는 담담한 진술로 시작된다. 이는 언뜻 '아버지(아비)'의 뒤에 덧붙은 수많은 정체성의 술어들('종이었다', '남로당이었다', '개흘레꾼이었다')의 변주처럼 보이기도 한다. 이어령의 표현대로 한국 문학사에서 면면히 이어져온 이 '에비'는 가상적인 금제와 막연한 두려움으로 기능해왔고, 후대의 발화 주체들은 그가 남긴 채무 또는 유산을 거부하거나 극복함으로써 스스로의 차별성을 획득해왔던 것이 일정 부분 사실이다. 하지만 이토록 뿌리 깊은 영향력과 그에 비례하는 부정적 단절의 제스처와는 사뭇 달리, 해당 시편의 화자는 식자공인 아버지의 정체성을 우호적으로 그리고 미학적으로 계승하고 있다는 점에서 주목을 요한다.

이 작품 속에서 그려지는 아버지는 "주머니에 삼천 원 넣고" 무작정 서울로 상경할 정도로 세상 물정에 둔하거나 경제적으로 무능해진 사람인 듯하다. 그가 신경을 쓰는 것은 '동백'과 '활자'가 전부이다. 그가 힘을 쏟는 "동백과 상관없이" 우리 가족은 "서울로 왔고", "아버지 활자와 상관없이" 점점 "키를 키워"간다. 이 동백과 활자는 여러 의미로 해석되겠지만 양쪽이 결합되어 있는 듯한 시의 표현들을 고려해볼 때, 언어로 매개화된 혹은 언어로 표현되는 아름다움의 메타포로

비교적 선명히 읽힌다. 아버지의 무심함과 상관없이 우리가 불쑥 자라난 것처럼, 돌아가신 "아버지와 상관없이 동백은 피고" 지며 또 약속처럼 다시 자라난다. 우리는 스스로를 활자라 여기는 동백꽃을 바라보며 이미 세상을 떠난 아버지의 신간을 읽는다. 이처럼 아버지의 우연한 미학적 씨앗을 이어받는 모습이 보다 선명히 드러나는 건 아래와 같은 작품이다.

남강 인쇄소 가는 길목 어디쯤 낮은 굴뚝이 있었다 굴뚝 뒤 계집아이 둘 쪼그리고 앉을 만한 틈이 있었고 이따금 거기서 활자 몇 개씩 꺼내 먹었다 일곱 살 계집아이가 들고 가기에 아버지 도시락은 무거웠고 보자기 매듭 한 번도 풀지 않고 가기에는 그 길은 너무 길었다

아버지는 다시 식자를 하고 새로 활자판을 짜곤 했다 그런 날이면 아버지 귀가 시간은 늦어지고 봄날의 페이지는 두툼해졌다 가방 속 빈 도시락에 파래 묻은 센베이 과자가 달각거렸고 세모를 부서먹는 소리가 톡톡거렸다

아버지의 활자를 꺼내 먹은 탓으로 과자들이 시집을 찍어내었다 석류꽃 피어 있던 시집으로 계집아이는 글자를 익히고 학교에 갔다 조금씩 떼어 먹던 활자 맛은 두근거리는 맛이었다

교실 안에서 쓰고 지우고 쓰고 지운 글자들을 아버지 도시
락에 담았다 낮은 굴뚝이 있던 그 길을 찾는 꿈을 꾸고 시집
을 펼친다 꿈속에서는 늘 내가 훔쳐 먹은 글자들로 조판하는
아버지가 있고 가끔 나는 측은이라는 글자를 본다

일곱 살은 심부름하기 좋은 나이였고 또한 한눈에 당부를
빼앗기던 나이였다 찾고 싶은 기억이 일곱 살 한눈팔던 그곳
에서 몇 쇄인지도 모를 시집을 찍고 있다.

—「석류꽃 시집」 전문

위 시편에는 "일곱 살 계집아이"가 바라보던 어린 날의 모
습이 그려진다. 관찰자이자 발화자인 '나'는 아마도 아버지에
게 도시락 배달을 가는 중인 듯싶다. 다만 그 심부름 길은 어
린 나에게 너무도 멀고 또 틈도 많아서, 나는 매번 보자기 매
듭을 열어 안에 있는 무언가를 훔쳐 먹곤 했다. 내가 조금씩
베어 물은 그것은 아버지의 도시락 반찬이거나 "파래 묻은 센
베이 과자"였겠지만, 그가 심은 "석류꽃 피어 있던 시집"이기
도 했을 것이다. "조금씩 떼어 먹던 활자 맛은 두근거리는 맛
이었다". 나는 몰래 훔쳐 먹은 글자들을 양분 삼아 학교에 갔
고 어느덧 어른으로 자라났지만, 내가 찾고 싶은 기억들은 여
전히 그 시절에 머물러 있는 것 같다. 아직도 시인은 낮은 굴

뚝에 숨어 한눈팔던 그곳에서 "몇 쇄인지도 모를 시집을 찍고 있다".

아버지의 직업인 식자공植字工은 물론 활자를 조판하는 사람을 뜻하겠지만, 문자 그대로 표현해본다면 그것은 글자를 어딘가에 심는 사람이기도 할 것이다. 아버지가 종이 위에 심어둔 낱낱의 활자들은 두툼한 석류나무로 자라났고, 그 열매를 알알이 훔쳐 먹은 나는 또 다른 종류의 꽃과 언어들을 피워내고 있는 듯하다. "지구의 곳곳을 어떻게 훔쳐 갔"는지 알 수 없는 "달"(「비행 일기」)의 휘광처럼, 전대의 의도와 무관하게 그 미감(taste)을 훔치듯 계승하여 자신만의 아름다움을 꽃피우는 화자의 모습은 이 시집에서 중요하게 읽혀야 하는 시적 장면이자 시인 고유의 미학적 태도가 잘 드러나는 대목이다.

그렇다면 질문은 애써 어린 시절로 돌아가 아버지가 가졌던 아름다움을 계승하려 하는(최소한 그것을 이어받았던 자신의 모습을 다시 찾아가려 하는) '이유'를 향해 던져져야 한다. 그 미학적 지향은 과거를 향해있다는 점에서도, 부친의 언어를 계승하고 있다는 점에서도 언뜻 아버지의 권위를 보존하려는 보수적인 태도로 읽힐지도 모르겠다. 하지만 더 이상의 논의를 불가능하게 만드는 그런 손쉬운 비판은 다소 섣불러 보인다. 이 시집이 아버지가 담긴 과거의 풍경을 복원하려 애쓰는 것은 사실이지만, 그 속의 아버지는 문학적 '에비'들의 전형화된 모습처럼 강렬한 영향력을 행사하거나 부정적인 파토스를 드러내진 않는다. 오히려 "훔쳐 먹은 글자들로 조판"을 이어가는 아버지를 보며 내가 느끼는 감정은 '측은'이라 명명된 어떤 연민의 정동이다.

　그 시절 아버지의 힘은 "수젓집에 모셔두던" 오래된 은수저처럼 "온 집안에 단 한 벌 뿐이던 권위"에 가까운 듯하고, 그 명목상의 위엄마저도 시간이 지남에 따라 "권위의 주름이 펴"(「이사」)겨가는 것으로 서술된다. 그러므로 시인이 낡은 아버지의 삶을 형상화하고자 하는 이유는 평등이 상식처럼 받아들여지는 지금 이 시대에 위계의 질서와 수직적 권위를 되살리려는 것이라기보다는, 팽팽히 펴진 존재들의 평면도 위에서 점차 사라져가는 삶의 주름과 흔적, "긁힌 자국"(「이사」)들을 기억해내려는 의도인 것 같다. 시인에게 지금 이곳은 사회의 상징적인 힘과 실체적인 구심점이 사라진 불확실성의 시대이다. 그것은 "고양이는 길에 널렸는데/ 인방寅方의 산에 호랑이는 없"는 시대, "줄무늬 보드라운 아들들이 아버지들을 먹어버"려 이제 "세상에는 아버지보다 아들이 많아"(「고양잇과」)진 시대이기도 하다. 권위의 주인은 과거의 상상 속에서만 존재하고 텅 빈 삶의 지침은 홀로 세워나가야 하는 지금 이곳에서 우리는 어디로 가야 할지, 누구와 싸워야 할지, 그 "무엇을 견뎌야 할지 몰라 그냥 춤을 추고 있다"(「무엇을 견뎌야 할지 몰라 그냥 춤을 춘다」). 그러니 시인의 시도는 구습을 옹호하고 옛 힘을 찬양하는 반동적인 행위가 아니라, 삶의 이유가 희미해지고 모든 것이 흘러내리는 이 시대의 지반 위에 무언가를 심어내고 옹립하기 위한 미학적 투쟁이라고 보아야 하지 않을까.

2. 꽃과 언어의 매듭

추가로 논의되어야 할 것은 시인이 복원하고자 하는 아버지의 흔적이 왜 매번 언어와 매개되어 있는가 하는 점이다. 그것은 앞서 언급되었던 것처럼 식자공이었던 아버지, 시어를 세공하는 시인의 직업적 특수성이 반영된 결과겠지만, 언어 자체가 지닌 태생적인 근원성 때문이기도 할 것이다. 발터 벤야민은 인류 언어의 기원으로서 '아담의 언어'를 언급한 적이 있다. 아담이 동물들을 처음 지칭한 말이 곧 그들의 이름이 되었던 것처럼, 그의 언어는 존재와 직접적으로 일치하는 언어이자 명명과 인식이 하나되는 언어라고 벤야민은 이야기한다. 다만 사물과 멀어져 낱낱의 자의적인 기호로 변질된 까닭에 이후의 언어는 타락한 '바벨의 언어'가 되었다고 그는 설명한다.

이와 유사한 인식은 다음 작품에서도 잘 드러난다. 시인은 「참 다르다」라는 시편에서 '갈비뼈'를 들어낸 두 가지의 사례를 제시한다. 하나는 갈비뼈를 살짝 들어 심장의 혈관을 수술한 화자 본인의 이야기이다. 수술은 나의 숨구멍을 트이게 해주었지만, 그 잠시의 이격으로 발생한 통증은 오랜 시간이 지나도록 좀체 가라앉지 않는다. 이에 대응하는 사례는 "갈비뼈 떼어주는 수술"을 행한 아담의 이야기이다. 그는 갈비뼈를 떼

어낸 커다란 수술 이후에도 가뿐히 기지개를 켜며 자신의 아
내를 맞이한다. 두 사례는 믿음과 신앙의 관점에 따라 다양하
게 받아들여지겠지만 '참 다르다'는 시의 제목과 "내 뼈 중의
뼈"라는 한 구절에 해석의 초점을 맞추어본다면, 존재를 체현
하는 언어의 힘과 그 양상의 차이로 이를 읽어볼 수도 있을 듯
싶다. 전자에서 잠시 자리를 이탈한 뼈는 자기 자신과도 손쉽
게 동화되지 못한 반면, 후자의 사례에서 아담의 뼈는 그에 이
름을 명명하자마자 동질의 반려자로 화한다.

　이처럼 시인의 언어와 아담이 발화했던 최초의 언어 사이
에는 "참 다르다"고 말할 수밖에 없는 시간과 효력의 간극이
놓여 있다. 어쩌면 시인 또한 자신이 활자를 이식받았던 근원
의 순간을 떠올리며 그 최초의 힘을 복원하려 했던 것일지도
모르겠다. 하지만 "활판의 약속도 활판의 시간도" 모두 "사라
진 것들의 목록 속으로 잠"(「수요일을 사러 간다」)겨버린 지금,
사물의 실체에 가닿거나 존재의 아름다움을 드러내는 일은
쉽게 이뤄지지 않는 것 같다.

　　　우리는 너무 키가 큰 이름을 가졌어

　　　이름의 자모들을 하나씩 잘라내야 해

　　　잘려진 키는 평온할까

　　　이름 대신 인공심장을 이식해야지

　　　몸통에 꽃을 그려 넣고

정원은 차박차박 꽃이 우거질 거야

심장에는 하얀 꽃이 자라겠지

색깔 있는 말은 언제쯤 할 수 있을까

혼잣말들이 꽃들 사이에서 말라가고 있어

톱날이 그린 정원에는 뭉툭한 선들이 필까

기억해야 할 미래는 가지들

'이런 일이 있어야 하지만 아직 끝은 아니라'는 말을 기억해

야 해

불가피하다는 것은 수상하지, 떨어진 꽃들은 가지 속으로

돌아갈 수 없잖아 돌아가지 못하는 곳이란 기억할 수 없는 곳

우리는 호랑이 없는 호랑이 숲 같아

아직 끝이 아니라는 말로 꽃의 심장을 기다리는 나

정육점 뜰에 핀 맨드라미 같아

오늘 나의 일기는 여기서 끝

  —「불가피한 정원」 전문

시집의 첫머리에 놓여 있는 위 시편은 "우리는 너무 키가 큰 이름을 가졌"다는 문제의식으로 시작된다. 이에 대한 '나'의 해결책은 "이름의 자모들을 하나씩 잘라내야" 한다는 것이다. 다소 과격해 보이기도 하는 이 선언은 다양한 함의를 품고 있겠

으나, 앞서 논의한 맥락을 적용해본다면 우리 자신보다 커져 버린 이름들 혹은 존재와 무관하게 넘쳐흐르는 기호들을 자르고 솎아내자는 의미로 받아들일 수도 있을 것 같다. 그것은 '프로크루스테스의 침대'처럼 자신이 만들어 놓은 아집의 틀에 절단된 대상들을 끼워 맞추는 일이 아니라, 난삽해진 언어들을 다듬고 조탁하는 일에 가까운 듯하다. 잘라내고 덜어낸 그 빈자리에 시인은 임시적으로나마 다른 꽃의 활자를 이식하여 본인이 꿈꿨던 근원의 정원을 형상화하려는 것 같다.

시인이 보기에 지금 우리의 시대는 "색깔 있는 말"이 사라진 시대이다. 그것은 제자리에서 미끄러지는 "혼잣말들이 꽃들 사이에서 말라가고 있"는 시대이자, 실체는 사라지고 기호의 흔적만 남은 "호랑이 없는 호랑이 숲"의 시대이다. 그러니 꽃의 색채를 이식하려는 시인의 술어에도 '하얀 꽃이 자라겠지', '차박차박 꽃이 우거질 거야'와 같은 유보와 희망의 미래형 어미가 덧붙을 수밖에 없다. 인공적인 시어와 "톱날이 그린 정원" 위에 본연의 색채와 아름다움을 간직한 꽃들이 피어날지 도저히 확신할 길이 없기 때문이다. "턱없이 부족한 색들이 많은 시절"을 살아가는 시인은 그럼에도 애써 피워낸 "달개비꽃" 한 송이를, 소중히 "품고 있던 푸른빛 하나"(「푸른빛 하나」)를 조심스레 우리 앞에 꺼내어 놓는다.

앞서 최초의 언어가 지닌 힘을 이야기했던 벤야민은 「유사성론(Lehre vom Ähnlichen)」이라는 글에서, 인간이 지닌 최상의 능력 중 하나로 미메시스를 꼽은 적 있다. 미메시스란 무언가를 모방하거나 모사하는 것이라 말할 수 있을 텐데, 그것은 이질적인 대상들 사이에서 어떤 유사성을 감각하고 포착하여 표현해내는 능력까지도 포함하는 단어이다. 그는 점성술을 사례로 든다. 점성술은 천체 속 별자리의 배치와 우연한 인간의 운명 사이에서 '유비'를 찾아내고, 번뜩이며 사라질 유사성의 섬광을 포착하여 잠시 이곳에 붙들어 놓는다. 근대로 넘어오며 점차 퇴화되었지만, 그럼에도 그 미메시스의 능력이 가장 잘 보존되어 있는 매개는 '언어'일 것이라고 벤야민은 이야기한다. 이 논의를 잠시 빌린다면 언뜻 상관없어 보이는 아버지의 주름진 흔적과 꽃의 활자를 겹쳐내는 것도, 저 멀리 떨어진 별을 모아 사랑하는 이의 얼굴을 그리는 것도(「유성우를 기다리는 동안」), 그렇게 만들어진 "별의 자리에 주름을 잡고" 그 위에 "다시 꽃을 접는"(「니느웨 씨앗」) 것도 지금은 희미해져 버린 전대의 능력이 시인의 언어 속에 격세 유전되어 발현되었기 때문은 아닐까.

별자리의 배치와 우리의 운명 사이에 아무런 유사점이 없는 것처럼, 아침마다 사막으로 내달리던 몽골의 야생마와 마분지로 만들어진 승차권을 들고 지하철로 뛰어드는 사람들(「마분지」) 사이에는 어떠한 직접적인 연관 관계도 없을 것이다. 하지만 양쪽이 유비와 은유의 끈으로 연결되는 순간 둘 사이에는 찰나의 반짝임과 같은 누빔점이 생긴다. 물론 인공적인 언어로 만든 그 "두꺼운 매듭"(「물길 사이사이 바람」)은 금세 흐트러질 것이고, "기호 안으로 들어갈 수 없"는 시어들은 존재들의 표면 위에서 한없이 미끄러질 것이지만, 시인의 섬광과도 같은 포착 속에서 그들의 주름이 겹쳐지고 "해바라기와 별의 문양이 같아질 때"(「울티마 툴레Ultima Thule」) 우리는 잃어버렸던 언어의 아름다움을 잠시나마 맛볼 수 있다.

이 정도까지 와서야 위 시편에 인용된 "이런 일이 있어야 하지만 아직 끝은 아니라"는 경구의 의미는 설핏 이해가 간다. 종말의 징후들과 함께 계시된 이 성경 구절은 신학적인 관점에서 읽힐 수도 있겠지만, 지금까지의 논의를 참조한다면 이는 피할 수 없는 절망과 선험적으로 주어진 언어의 한계 속에서도 불가능한 아름다움을 꿈꾸려는 시인의 결기처럼 느껴지기도 한다. 아버지의 꽃과 활자를 훔쳐 이식한 시인은 모든 색채가 표백된 듯한 이 너절한 시대의 황무지 위에서도 "아직 끝이 아니라는 말"을 우리에게 전하며 여전히 "꽃의 심장을 기다"린다. "수 천 년 전에 별들이 만들어놓은 길을 책이라 믿는"(「물길 사이사이 바람」) 그는 시의 언어에 기대어 이 불가피한 세계의 운명을 조금씩 유예하려 하는 것 같다.

3. 우묵히 패인 세계의 이면

살펴보았듯 시인은 사라져가는 존재들의 아름다움을 언어로서 복원하길 꿈꾼다. '낭만'이라 명명될 법한 이 시적 태도와 관련하여서는 해당 시집에서 구체적인 사례가 여럿 발견된다. 가령 시인은 바다 저 밑의 속살에서 지금도 돌고 있을

맷돌을 상상하거나(「바다의 뿌리」), 지구 바깥의 달빛을 채집하고 달의 문 너머에 있을 푸성귀를 그려낸다(「보름달을 채집하다」). 「2퍼센트 동화」라는 작품에서도 제목과 어울리는 서정적이고 낭만적인 이야기 하나가 펼쳐진다. "태초에 술 한 모금"으로 시작되는 그곳은 "불콰한 홍"과 "벌겋게 달아오른 광기"가 뒤섞인 술과 취기의 세계이다. 그 술의 기운은 명료한 일상의 언어를 살짝 비틀고, 아무리 "촘촘히 밀봉해도/ 빠져나가는 2퍼센트"의 여분을 남긴다. 예이츠는 '볼우물'을 신의 액체가 흘러 만들어진 '천사의 실수'라고 표현한 바 있는데, 어쩌면 "우묵한 데 물이 고"이듯 배어드는 이 "2퍼센트의 주정"은 "천사의 몫"을 숨겨둔 이 세계의 우물 같은 것인지도 모르겠다.

세계의 이질적인 우묵함을 드러내는 또 다른 작품으로 「井」라는 시편이 있다. 한 마을에 이백년이 넘도록 존재해온 '우물'이 그려지고, 그곳은 바닥이 보이지 않을 만큼 깊디깊은 장소로 묘사된다. 오랜 세월 동안 "깨어나지 않는 오래된 우물"의 이미지는 "얼마나 더 깊어져야 할지 모르는 꿈"과 직접적으로 겹쳐져 있는데, 이는 시인이 바라보는 꿈과 이상이 세계의 숨겨진 근원과 맞닿아 있음을 잘 보여준다. 그의 "발굴 작업"은 "지상의 것들" "아래 묻힌 것"(「지하와 지상의 차이」)을 길어 올리고 그 움푹 파인 "웜홀에서 튕겨 나오는 메시지를 자판으로 옮겨온다"(「웜홀」). 이처럼 시인은 우리에게 보이는 표피 너머의 세계 혹은 현실과는 다른 배면의 세계를 전제한 시적 공간을 그리고 있다.

이면지에 시를 인쇄한다
남편이 준 이면지 앞면에는
먼 곳의 여행계획서가 한가하고
마흔세 줄, 아홉 칸에 숫자와 글자가 빽빽하다
이면이란 든든한 뒷배일까
하찮은 후면일까

등이 굽은 어머니는 더 접히지 않으려고
종종 뒤로 젖힌다
접힌 부분이 안쪽이라면
중요한 것은 안쪽에 놓는 법이라면
어머니의 이면은 업어 키운 곳이고
어머니의 안쪽은 먹여 살린 곳이다

일방적으로 접히는 나이들은
텅 비어서 이면이 없을 것 같지만
앞도 뒤도 아닌 그저 온 마음이 이면이다

　　　　　　　　　　　　　　　　　—「이면지」 부분

위 시편이 탁월한 것은 다소 공상적이고 추상적으로 느껴질 법한 세계의 이면을 향한 상상을 '등'이라는 육체의 구체적인 감각과 겹쳐 놓는다는 점이다. 여분의 거울이나 기기의 눈 없이는 내 몸의 일부인 등조차 제대로 바라볼 수 없듯, 새로운 인식의 렌즈 없이 우리는 이 세계의 이면을 마주할 수 없는 것 같다. 새로이 ***"태어나려는 자는 하나의 안정을 잃어야"***(「데미안 읽기」) 하는 것처럼, 불가피한 시공간과 언어의 한계를 넘어 이곳 너머의 불가능한 아름다움을 꿈꾸려는 시인은 당연하게도 매끈한 현실의 렌즈를 부러 멀리해야만 할 것이다. 따라서 시인의 눈은 항상 세계의 틈에 숨어 있는 우묵한 '낭만성'을 향하고, 그의 시는 늘 '이면지'에 쓰일 수밖에 없다.

시인이 바라보는 세계는 손쉽게 가닿을 수 없는 우리의 이면이자 속살에 가까운 듯싶다. 현실의 빛이 잘 닿지 않는 그곳은 누군가에겐 그늘진 관심의 '뒷전'에 가까운 곳이자 "하찮은 후면"에 불과하겠지만, 또 누군가에겐 어렸을 적 업혔던 어머니의 '등'처럼 우리의 삶을 지탱하며 떠받친 "든든한 뒷배"일 것이다. 그 까맣게 "그을린 등"은 "여태 보지 못한 풀들이 돋"(「모닝콜」)아나는 가능성의 장이자, "살아서 먹는 일과 먹여 살리는 일"(「뒤를 묶다」)을 붙들고 있는 생존의 터이기도 하다. 그러니 위 시편에 나와 있는 바대로, 시간의 중력에 눌려 등이 굽은 어머니들과 "일방적으로 접히는 나이"가 되어 이면과 안쪽의 구분이 없어진 이들은 다른 세계를 꿈꾸는 가능성의 구멍이 모두 막혀버린 존재들이라기보다는, 오랜 시간의 발굴 끝에 어느새 이면과 표면의 세계가 겹쳐져버린 미학적 완료태의 한 형상이 아닐까 싶다. "업어 키운 곳"과 "먹여 살린 곳"의 구분이 사라진 그들의 몸은 "앞도 뒤도 아닌 그저 온 마음이 이면"이다. 시인이 포착한 그 한 순간의 섬광과 일치의 시적 순간을 계속 유예해나가다 보면, 어쩌면 우리 또한 이면과 이곳의 차이가 무화되는, 우묵한 곳들의 부피가 지반의 주를 이루는, 2%와 나머지의 크기가 같아지는 꿈같은 세계를 마주할 수도 있지 않을까.▨

| 김은후 |

경남 통영에서 태어나 한신대학교 문예창작대학원 석사를 졸업했다. 2011년 『시
인동네』로 등단했으며 시집으로 『분간 없는 것들』이 있다. 2016년 수원문화재단
문화예술지원금을 수혜했고, 2017년 상반기 세종도서 문학나눔과 2017년 경기문
화재단 전문예술창작지원 문학분야에 선정되었다.

이메일 : hariot@naver.com

2퍼센트 동화 ⓒ 김은후

초판 인쇄 · 2021년 4월 23일
초판 발행 · 2021년 4월 29일

지은이 · 김은후
펴낸이 · 이선희
펴낸곳 · 한국문연

서울 서대문구 증가로 31길 39, 202호
출판등록 1988년 3월 3일 제3-188호
대표전화 302-2717 | 팩스 · 6442-6053
디지털 현대시 www.koreapoem.co.kr
이메일 koreapoem@hanmail.net

ISBN 978-89-6104-280-2 03810

값 10,000원